AF451631

Vente des Jeudi 27 et Vendredi 28 Mars 1862

MINIATURES

ÉMAUX, TABATIÈRES, BIJOUX, TABLEAUX

Mᵉ Ch. **PILLET**, Commissaire-Priseur

MM. **MANNHEIM**, Experts

PARIS. IMPRIMERIE DE PILLET FILS AINÉ,
5, RUE DES GRANDS-AUGUSTINS.

CATALOGUE

D'UNE JOLIE RÉUNION DE

MINIATURES

ÉMAUX, TABATIÈRES, BIJOUX, TABLEAUX

Très-belles Miniatures sur ivoire et sur vélin
par Saint, Augustin, Van Spaendonck, Blarenberghe et autres ; Dessins par Boucher,
Carême, Fragonard, etc.; Émaux ; Tabatières ornées de peintures ;
Tabatières en matières précieuses ;
Portraits historiques peints sur cuivre et sur bois, des XVIe, XVIIe et XVIIIe siècles ;
Bijoux divers, Camées, Intailles ; Repoussés sur or ;
Carnets en vernis de Martin ; Autres en nacre de perles garnis d'ornements en or repoussé ;
Statuette de Madeleine en ivoire ; Terres cuites de Nini, etc.;
Objets divers

DONT LA VENTE AURA LIEU

PAR SUITE DE DÉCÈS

HOTEL DROUOT, SALLE Nº 4

Les Jeudi 27 et Vendredi 28 Mars 1862

A UNE HEURE 

Par le ministère de Me **CHARLES PILLET**, Commissaire-Priseur,
rue de Choiseul, 11,

Assisté de MM. **MANNHEIM**, Experts, rue de la Paix, 10

Chez lesquels se distribue le présent Catalogue.

EXPOSITION PUBLIQUE

Le Mercredi 26 Mars 1862, de une heure à cinq heures.

CONDITIONS DE LA VENTE

Elle sera faite au comptant.

Les adjudicataires payeront *cinq pour cent* en sus des enchères, applicables aux frais.

PARIS. IMP. PILLET fils aîné, rue des Grands-Augustins, 5.

DÉSIGNATION

DES OBJETS

Miniatures et Tableaux

1 — Grande et belle miniature sur ivoire, de forme carrée
sur hauteur, par Saint.

Portrait de jeune femme assise près d'une croisée don-
nant sur la campagne ; elle est vêtue de blanc et coiffée
d'un bonnet garni de roses. La transparence de l'étoffe
permet de juger de la beauté des bras et de la gorge ; les
mains sont d'un fini remarquable.

2 — Autre grande et belle miniature sur ivoire, de même
forme et du même maître.

Jeune fille se promenant dans un parc ; elle est vêtue de
brun clair et d'une écharpe de gaze noire. Elle tient un
bouquet de fleurs.

Nous recommandons ces deux belles pièces à l'attention
de MM. les amateurs.

3 — Autre belle miniature par Saint. Portrait de femme connu sous le nom du *Chapeau bleu.*

4 — Portrait du duc de Bordeaux. Belle aquarelle également de Saint.

5 — Belle miniature ronde; bouquet de fleurs, par G. Van Spaendonck.

6 — Napoléon Ier; jolie miniature sur ivoire, par Augustin, montée dans une bordure en argent doré et émaillé, et posée sur une boîte en écaille ronde.

7 — Miniature ovale sur ivoire; portrait de jeune fille en costume de chasseresse; dans un étui ovale en ivoire.

8 — Miniature ronde sur ivoire; portrait de jeune fille dans la manière de Hall, dans une bordure en bronze doré.

9 — Grande miniature ronde ; jeune femme, costume Louis XV, tenant une corbeille de fleurs. Cadre en bois noir.

10 — Miniature ronde sur ivoire; portrait de femme, coiffée d'un large chapeau de paille. Bordure en bronze doré.

11 — Deux miniatures ovales; portraits de jeune fille et de jeune garçon, par Fragonard. Cadres en bronze doré.

12 — Miniature ovale; portrait de jeune fille, d'après Fragonard. Cadre carré en bois noir.

13 — Miniature carrée sur vélin; portrait de mademoiselle
Victoire, fille de Louis XV, en riche costume. Bordure en bronze doré.

14 — Miniature ovale sur ivoire; portrait de jeune femme,
jouant avec son chien. Époque Louis XV.

15 — Miniature carrée sur vélin; jeune femme à sa toilette.

16 — Miniature carrée, attribuée à Van Blarenberghe; vue
d'une des faces du château de Trianon. Bordure
en or.

17 — Miniature ovale sur ivoire; peinture en grisaille : deux
Amours.

18 — Grande miniature carrée sur ivoire; femme satyre ex-
tirpant une épine du pied d'un faune; composition
de quatre personnages, attribuée à Klinstet. (Collection Daugny.)

19 — Miniature carrée sur ivoire : Vénus, Adonis et l'Amour.
Bordure en bronze.

20 — Miniature ovale dans la manière de Charlier : Vénus et
Amours.

21 — Miniature ovale sur ivoire; portrait de madame Élisabeth. Cadre en bronze.

22 — Miniature ovale sur ivoire, par mademoiselle Charrin; portrait de madame de Sévigné. Bordure en bronze doré au mat.

23 — Miniature ovale sur ivoire; portrait de femme, dans un médaillon en argent orné de cailloux du Rhin.

24 — Miniature ovale sur ivoire; portrait de Marie-Thérèse. dans un cadre en argent orné de cailloux du Rhin. et montée sur une boîte ronde en écaille.

25 — Miniature ronde sur ivoire; portrait de femme, dans un cadre carré en bois noir.

26 — Deux miniatures ovales sur ivoire; jolis portraits de femmes, costumes époque Louis XIV, dans des bordures ovales en bronze doré au mat : l'une d'elles porte au revers une devise gravée.

27 — Grande et belle miniature sur vélin : la Flagellation. d'après Van Eck; composition de six personnages, signé J. K. F., 1618. Bordure flamande en écaille.

28 — Tête de Vierge. Miniature ovale sur vélin dans une très-jolie bordure en bois sculpté à fleurs et feuillages, du temps de Louis XIII.

29 — Miniature sur ivoire, par Scotti : Femme vue mi-corps, d'après Raphaël. Bordure en bronze doré au mat.

30 — Miniature ronde sur ivoire. Portrait de femme (maîtresse de Marat).

31 — Miniature ronde sur ivoire : Vénus et Amour, d'après Boucher.

32 — Miniature ovale sur vélin. Portrait de Raphaël.

33 — Deux jolies miniatures ovales peintes à l'huile. Portraits de femmes. Dans des bordures en bronze doré.

34 — Sainte Catherine. Petite miniature ovale à l'huile, dans une bordure en bronze doré au mat.

35 — Petite miniature carrée sur vélin : l'Amour moraliste.

36 — Deux miniatures sur vélin ; sujets de bataille.

37 — Médaillon ovale : la Porte Saint-Denis, dans une bordure carrée en bois noir.

38 - Miniature ovale : Offrande à l'Amour, dans un cadre en filigrane d'or.

39 — Miniature ovale sur vélin : le Grand dauphin de France.

40 — Miniature ovale sur vélin ; portrait d'Isabelle de la Tré-
moille. Bordure en bronze doré au mat.

41 — Miniature carrée sur vélin : Louis XV enfant.

42 — Deux miniatures carrées sur vélin : le comte d'Évreux
et Marie Croizat. Bordures en bois noir.

43 — Portrait du comte Orloff; peinture à l'huile sur cuivre,
dans un cadre de bronze.

44 — Deux miniatures ovales sur ivoire, du temps de l'em-
pire; portrait d'homme signé Dubois, et portrait de
femme signé Bassi. Bordures carrées en bronze doré.

45 — Douze médaillons ronds représentant des points de vue
pris en hiver.

46 — Deux jolies miniatures gouachées sur vélin, représentant des vues de villes et de villages enrichies de personnages. Elles sont signées F. BOLS, 1650.

47 — Grande miniature sur vélin ; portrait de Louis XIII, entouré de trophées d'armes et d'attributs divers. Bordure en bois sculpté et doré.

48 — Grande miniature carrée sur vélin : portrait du roi
Louis XIV, jeune, entouré de drapeaux et de cartou-
ches à inscriptions. Bordure en bois sculpté et doré.

49 — Deux miniatures gouachées représentant : l'une, le
     Siége de Vienne; l'autre, l'Attaque du camp turc.
     Bordures en bois noir.

50 — Grande et belle miniature gouachée représentant le
     pompeux carrousel sous Louis XIV. Elle porte la
     signature de Van Blarenberghe, 1762. Bordure en bois
     doré.

51 — Grande miniature gouachée, composition d'un grand
     nombre de figures. Signée Wagner, 1647.

52 — Grande miniature sur vélin; portrait de femme nue,
     représentée sous les traits de Cléopâtre. Signée
     J. Bérents, 1662. Bordure carrée en argent.

53 — Grande miniature sur vélin : l'Enfant Jésus entouré
     d'anges. Le cadre, en bois sculpté et doré, est d'un
     beau travail de l'époque Louis XIII.

54 — Deux jolis dessins à l'encre représentant : l'un, l'Astro-
     nomie; l'autre, la Comédie; sujets enrichis d'un
     grand nombre de figures et de monuments. Époque
     de la renaissance. Bordures en bois doré à moulures.

55 — Dessin rond à l'encre : le Repentir. Bordure en bois
     doré.

56 — Deux jolis portraits peints à l'huile et sur cuivre, attri-
     bués à Porbus; l'archiduc Albert et Eugénie-Claire-
     Isabelle, gouvernante des Pays-Bas.

57 — Portrait à l'huile, sur bois, d'Eugénie-Claire-Élisabeth
ou Isabelle, infante d'Espagne, attribué à Porbus.
(Collection Sauvageot.)

58 — Miniature ovale sur cuivre : la Vierge noire.

59 — Miniature à l'huile ; portrait de madame de Maintenon ;
dans un étui en galuchat, avec son chiffre en piqué
d'or.

60 — Beau dessin aux deux crayons : Nymphes. Signé François Boucher.

61 — Grand dessin au crayon rouge. Signé Fragonard.

62 — Bacchanale, gouache. Signée Carême. Bordure en bois
doré.

63 — Deux gouaches rondes représentant des fruits, des lé-
gumes et des ustensiles divers. Cadres anciens en
bois sculpté et doré.

64 — Portrait de femme en riche costume de la fin du seizième siècle ; peinture à l'huile, dans une bordure en
bois noir.

65 — Portrait sur cuivre : Anne d'Autriche. Bordure en bois
très-finement sculpté et doré.

66 — Portrait sur cuivre de **Marie de Médicis**.

67 — Deux miniatures à l'huile sur cuivre; portraits d'homme
et de femme.

68 — Portrait d'homme sur cuivre, au millésime de 1589.

69 — Jolie peinture à l'huile sur bois : Vénus désarmant
l'Amour. Bordure en bronze à rubans.

70 — Petit tableau à l'huile sur cuivre; sujet champêtre, par
Fragonard. Bordure en bois doré.

71 — Portrait à l'huile et sur bois : le Duc de Guise.

72 — Portrait à l'huile et sur bois : Charles de Bourbon,
comte de Sisans.

73 — Portrait à l'huile et sur bois : François de Bourbon,
prince de Conti.

74 — Portrait à l'huile et sur bois : le prince Jean Adam.

75 — Portrait à l'huile et sur bois : l'amiral Braff.

76 — Portrait sur bois, de René Descartes. Bordure en bois
doré.

77 — Portrait ovale à l'huile et sur toile : le duc de Bourbon.

78 — Deux portraits à l'huile sur cuivre : Homme et femme
en riches costumes du seizième siècle.

79 — Deux petites miniatures ovales sur cuivre; portraits présumés de Henri VIII d'Angleterre et d'une de ses femmes. Les cadres en a.gent doré à jour, ornés de coraux blancs et rouges et de vitrifications imitant le lapis.

80 — Deux portraits sur bois : Henri III et Catherine de Médicis. Bordures en bois sculpté et doré.

81 — Deux portraits sur bois : le Prince et la Princesse d'Orange.

82 — Deux tableaux sur bois; portraits de personnages de l'époque de Charles IX.

83 — Portrait sur bois peint dans l'intérieur d'un couvercle en bois sculpté.

84 — Vue de château dans un grand parc; petite gouache ovale.

85 — Gouache ronde, représentant divers sujets.

86 — Tableau sur bois : Cléopâtre.

Émaux

87 — Portrait de la duchesse de Longueville; joli émail ovale sur or, attribué à Petitot. Cadre en or à réverbère.

88 — Portrait du grand Dauphin de France; émail ovale sur
cuivre.

89 — Cassolette ovale, ornée de deux émaux fond bleu et
sujets bibliques, montés en argent ciselé du temps
de Louis XIII.

90 — Émail ovale sur or, provenant d'un couvercle de montre :
Mercure et Nymphes; au revers, un paysage sur ca-
maïeu bleu. Époque Louis XIII.

91 — Très-petit émail ovale sur or : Amour peint en grisaille.

92 — Bel émail ovale : la Leçon de flûte, d'après Boucher.
Cadre en bois noir.

93 — Beau portrait sur émail de l'impératrice Marie-Thérèse
d'Autriche. Bordure en bronze doré.

94 — Portrait de femme sur émail, signé Soiron fils; il est
monté dans un cadre à réverbère en or et posé sur
une boîte d'écaille à gorge en or.

95 — Grand médaillon rond peint sur émail : Persée et
Andromède.

96 — Émail ovale : la Comparaison, d'après Fragonard. Cadre
en bois noir.

97 — Émail ovale : le Serment. Signé au revers M. R., 1800.
Cadre en bois noir.

98 — Émail ovale : la Vierge à la Chaise, dans une bordure
en argent émaillé.

99 — Deux petits émaux ovales; sujets champêtres.

Tabatières et Bijoux

100 — Tabatière ronde en écaille ornée d'une très-belle peinture sur émail, tête de Christ, dans une bordure en
or à reverbère.

101 — Petite bonbonnière ronde, ornée d'un travail de mo-
saïque formé de pierres précieuses, telles que jaspe,
lapis, agate, etc., galonnée et doublée en or. Travail
de Neubert, de Dresde.

102 — Grande boîte carrée, ornée de six plaques en acier ciselé, à ornements et figure sur fond d'or, et montée
à cage en or. Travail français du temps de Louis XV.

103 — Petite boîte ovale en acier damasquiné en or de couleurs. Sujets d'après Boucher.

104 — Bonbonnière ronde, ornée de six miniatures en grisaille
attribuées à Degault, monture à cage en or.

105 — Jolie bonbonnière ronde en jaspe sanguin montée en
or, à ornements de De Bêsches.

106 — Boîte carrée à cuvette en prime d'améthyste et à couvercle en cornaline onyx à deux couches, gravée à personnages et monuments style Louis XV; monture à gorge en or.

107 — Petite boîte carrée en burgau avec application d'ornements en argent, montée à cage en argent doré.

108 — Tabatière carrée en jaspe, montée à gorge en or.

109 — Tabatière ovale en aventurine, montée à charnière et à gorge en or, à fleurs en or de couleur ciselées.

110 — Petite bonbonnière ronde en agate orientale; sur le couvercle se trouve un Chinois gravé en relief, monture à gorge en or.

111 — Boîte de forme oblongue en nacre de perles gravée ; sur le dessus se trouvent les comédiens de l'hôtel de Bourgogne.

112 — Boîte ronde en poudre d'écaille jaune, le couvercle orné d'un médaillon en vernis de Martin : Pygmalion et Galathée.

113 — Boîte ronde en vernis de Martin ; sur le couvercle se trouve le sujet de : l'Amour médecin.

114 — Deux drageoirs ovales en écaille piquée d'or. Époque Louis XIV.

115 — Tabatière ronde en ivoire, galonnée d'écaille ; le couvercle orné d'un médaillon peint sur émail : Groupe
de fruits et de fleurs.

116 — Bonbonnière ronde en poudre d'écaille brune ; sur le
couvercle se trouve une miniature ronde sur ivoire.
Portrait de Keen (acteur anglais).

117 — Tabatière de forme oblongue en racine de buis, ornée
d'une miniature : Vue des glaciers en Suisse.

118 — Petite tabatière de forme longue, ornée de deux dessins rehaussés de couleurs, recouverts de corne
blanche.

119 — Porte-tablettes en nacre de perles enrichie d'ornements et de figures en or repoussé. Travail de De
Bêsches. Époque Louis XV.

120 — Étui en or ciselé, à médaillons de fleurs et attributs.
Époque Louis XVI.

121 — Nécessaire en galuchat enrichi d'ornements en or repoussé. Travail de De Bêsches. Époque Louis XV.

122 — Nécessaire en agate d'Allemagne, monté en cuivre repoussé et doré. Époque Louis XV.

123 — Étui en vernis de Martin, fond noir galonné d'or.

124 — Autre étui en vernis de Martin, fond rouge à animaux
et branchages en or de relief ; monture en or.

125 — Petite lorgnette en nacre de perles, montée en or, à
ornements de De Bèsches. Époque Louis XV.

126 — Grand et beau cachet tournant, orné d'une topaze
gravée à armoiries et montée en or ciselé, du temps
de Louis XV.

127 — Autre cachet tournant en cristal de roche gravé, à bla-
son et monté en argent ciselé et doré.

128 — Quatre boucles en or, enrichies d'incrustations de
pierres diverses. Travail de Neubert, de Dresde.

129 — Deux charmants petits médaillons ovales en or repoussé : Jeux d'enfants. Époque Louis XV.

130 — Joli fermoir de carnet, travail repoussé sur or fin, à
ornements et oiseaux. Époque Louis XV.

131 — Applique en or fin repoussé. Époque Louis XV. Trois
Amours dans des nuages.

132 — Bracelet indien en cristal de roche gravé.

133 — Plaque en nacre de perles gravée : Deux personnages
et enfant en costumes Louis XV. Sur le dos du fau-
teuil se trouve gravé le nom de Martini Drazonca.
Bordure en vermeil.

134 — Autre plaque faisant pendant à celle qui précède : Baigneuses (du même maître).

135 — Deux petites plaques en nacre de perles gravées : Sujet de la Fable (du même maître).

136 — Cuiller en cristal de roche gravé, montée en vermeil et se pliant.

137 — Porte-tablettes en vernis de Martin, fond vert orné de deux médaillons en laque du Japon, fond noir et monté en or ciselé. Époque Louis XVI.

138 — Porte-cartes en vernis de Martin, fond gris : Jeux d'enfants, d'après Boucher, peints en grisaile.

139 — Joli médaillon rond en vernis de Martin : Renard surprenant un coq. Bordure en bronze doré au mat.

140 — Médaillon rond en vernis de Martin : la Leçon de musique. Bordure ornée de cailloux du Rhin.

141 — Deux petits panneaux en vernis de Martin : Jeux d'enfants.

142 — Autre panneau : Sujet d'après Téniers.

143 — Montre en or émaillé, mouvement de Lépine.

144 — Bague antique en or, ornée d'un grenat gravé en creux :
Hercule.

145 — Bague en or, ornée d'une intaille sur sardoine : Bacchus indien.

146 — Bague en or, ornée d'un camée sur agate cornaline à
deux couches : Buste de Diane.

147 — Bague en or, ornée d'un camée sur agate orientale
blonde : Tête d'homme barbu.

148 — Camée : Tête de nègre sur jaspe jaune.

149 — Camée en jayet : Saint-Jacques de Compostelle; monture en vermeil.

150 — Camée sur coquille finement gravée : Martyre de saint
Sébastien, dans une boîte en argent. Travail du seizième siècle.

151 — Camée sur coquille : Buste de Louis XII.

152 — Petit Christ en or émaillé. Travail du seizième siècle.

153 — Petite perle fine baroque.

154 — Chiffre et médaillon en filigrane d'or.

155 — Deux boucles d'oreilles en crisolithe.

156 — Bas-relief en bronze doré du seizième siècle, avec figures d'après l'antique, et trois petites appliques en cuivre gravé. Époque Louis XV.

157 — Grosse bague en cuivre doré, enrichie des attributs des quatre évangélistes et ornée d'une pierre imitant le saphir.

158 — Deux salières rondes en argent. Époque Louis XVI.

Objets divers

159 — Statuette en ivoire sculpté : Madeleine debout. Travail du dix-septième siècle.

160 — Deux bas-reliefs en ivoire sculpté : les Trois Grâces et sujet mythologique. Bordures en bois noir.

161 — Deux jolies sculptures en haut relief sur bois : le Passage de la mer Rouge.

162 — Quatre fragments en bois finement sculpté, à médaillons ornés de bustes de saints ; dans deux bordures en bois noir.

163 — Belle écritoire en forme de boîte; l'extérieur en ivoire et écaille, l'intérieur en ivoire garni d'argent ciselé et doré. Époque Louis XIII.

164 — Jolie boîte ronde en laque du Japon aventuriné à fleurs et arbustes dorés.

165 — Petite boîte à trois compartiments, en laque fond noir à décors d'or et applications d'ornements en argent.

166 — Petite boîte en laque usé, à décors d'or sur fond noir ; l'intérieur est aventuriné.

167 — Boîte ovale sans couvercle en laque aventuriné et décors d'or en relief. Collection Daigremont.

168 — Sabre persan, à large lame de damas noir, à versets du Coran damasquinés d'or, et au revers une inscription arabe ciselée en relief ; poignée en corne, fourreau en cuir noir à garnitures en damas damasquiné d'or. Collection Daigremont.

169 — Couteau à double tranchant à manche en cuivre émaillé à sujets ayant trait à la cérémonie de la circoncision.

170 — Deux petits vases porte-bouquets en verre de Venise blanc, à pieds et anses bleus.

171 — Deux grandes et belles médailles en argent.

172 — Deux porte-montres en bronze ciselé et doré à médaillons bustes de femmes. Époque Louis XVI.

173 — Quatre petits porte-montres en bronze ciselé et doré,
du temps de Louis XVI.

174 — Petit socle en malachite.

175 — Buste en bas-relief de Charles Juste, prince de Beau-
vau; médaillon rond en terre cuite. Signé J. B.
Nini, 1767.

176 — Buste de B. Franklin; médaillon rond en terre cuite,
par Nini. Daté de 1777.

177 — Buste en bas-relief d'une jeune femme en riche costume Louis XIV, modelé sur cire peinte.

178 — Manuscrit grand in-8° du quinzième siècle, orné de
quinze belles miniatures et vignettes.

179 — Fragment de manuscrit contenant quatre miniatures :
les saints Évangélistes.

180 — Vue du château de Chantilly ; peinture sur porcelaine.
Signée Ficher.

181 — Deux médaillons ronds en bronze; sujets d'après Watteau.

182 — Trois tableaux peints sur soie et brodés en chenille.

183 — On vendra sous ce numéro les objets omis.